LA

MORT DE GILBERT,

Monologue en vers

PAR

CHARLES FRETIN.

IMPRIMERIE ET LIBRAIRIE DE GARREAU ET RAVEAU,

A Nogent-sur-Seine.

A MON AMI

Charles Dubois.

LA

MORT DE GILBERT.

BIBLIOTHÈQUE ROYALE

Une chambre d'hôpital, un lit, près du lit, une table avec un couvert et un gobelet d'étain. C'est le mois de novembre, le vent souffle, la neige tombe.

GILBERT (S'éveillant).

Soyez trois fois béni, Seigneur, pour le doux rêve
Qui berça mon sommeil, comme loin de la grève
Le flot berce en chantant le nid des Alcyons !
Car mes yeux n'ont joui que de fraîches images
Sans voir comme toujours de terribles visages
Aux hideuses contractions.

C'était le mois de mai ; la brise printanière
Soupirait doucement à travers la bruyère;
L'air était embaumé de divines senteurs;
Et la terre semblable à la jeune épousée
Souriait au soleil, brillante de rosée,
Et le sein caché sous les fleurs.

Les rossignols chantaient perdus dans le feuillage;
Les ruisseaux babillaient en courant sous l'ombrage.
Ce n'était que parfums, chansons, frémissemens.
En moi, comme partout sous le ciel, c'était fête,
Et les illusions dans mon cœur de poète
Gazouillaient leurs refrains charmans.

Une enfant blonde et rose, au doux nom de Marie,
De ses quinze ans joyeux fleurissait la prairie.
Qu'elle méritait bien son beau nom virginal !
Ses yeux étaient voilés des longs cils que tu donnes
Aux vierges, Raphaël ! de tes saintes madones,
Enfin, c'était l'original.

Là bas, mon bien-aimé, là bas, sur la colline,
Au milieu de ce bois qui sur elle s'incline,
Voyez, si nous avions une blanche maison
Fermant ses volets verts aux chaleurs dévorantes,
Et les ouvrant le soir aux brises énivrantes,
Filles de la belle saison;

Quel plaisir ce serait de pouvoir à l'envie
Cacher notre bonheur, ce trésor de la vie!
Oh! pour deux cœurs aimans le fortuné séjour!
Comme l'âme, plus libre en cette paix profonde,
Suivant son doux penchant, boirait l'oubli du monde
Dans les voluptés de l'amour!

Elle parlait ainsi la blonde jeune fille,
Et moi je l'écoutais dans le ravissement;
Car sur mes sombres jours comme l'étoile brille
Dans les nuits, elle allait briller, astre charmant.

J'étais heureux enfin; aussi c'était un songe.
Heureux, moi! moi Gilbert! le réveil me replonge
Dans la réalité. Pour moi plus de printemps!
Adieu mon bel amour et ses projets charmans!
J'entends de l'ouragan la voix stridente et forte,
Et la misère seule a fait gémir ma porte.

Ah! j'aurais bien aimé cependant, bien aimé!
Comme aux antiques jours, de son vase embaumé,
Sur les cheveux du christ, à flots dorés, Marie
Vint répandre le nard, sur la tête chérie
Moi j'aurais répandu, l'âme ivre de bonheur,
Un amour chaste et pur, ce doux parfum du cœur.
Et comme le zéphir avec sa fraîche haleine
Fait naître mille fleurs en courant dans la plaine,
Qui peut dire combien, en passant sur mon front,
Le souffle d'une femme, en mon cerveau fécond,
Eût fait, brise amoureuse, éclore de pensées!
En vers je les aurais mollement cadencées.

Abeilles au soleil ouvrant leurs ailes d'or,
Mes strophes vers les cieux auraient pris leur essor
En bourdonnant gaîment. Ma jeune poésie
Eût exhalé dans l'air une odeur d'ambroisie.
J'étais né pour aimer, j'ai vécu pour haïr.
J'espérais le bonheur, je n'ai fait que souffrir.
Aussi parfois mon vers est triste et se lamente;
Parfois il est méchant : la haine le tourmente.
Je devrais l'apaiser; je le veux, mais en vain :
Du Gilbert outragé prenant la cause en main,
Contre ses ennemis il s'élance avec rage,
Et de son fouet sanglant leur marque le visage.
Mais chassons, s'il se peut, cet amer souvenir.
Dieu sans doute a caché pour nous dans l'avenir
Un rayon de bonheur. — Chaque jour de l'année
N'apporte point l'ennui comme cette journée.
La neige dans les champs ne tombe pas toujours.
Que c'est triste la neige !

(Il va vers la fenêtre).

Et pourtant dans tes cours,
O collège de l'Arc! elle excitait ma joie :
« C'est du plaisir, amis, que le ciel nous envoie! »
Et je battais des mains. C'était un heureux temps!
Que ne puis-je renaître avec mes quatorze ans!
L'enfance est sans soucis. A quoi songerait-elle?
Le midi sera beau puisque l'aube est si belle :
Voilà ce qu'on se dit. Confiant on s'endort;
L'imagination, fée à baguette d'or,
Vous ravit sur les monts. Comme le vieux Moïse,
Vous voyez à vos pieds votre terre promise
Se dérouler charmante avec ses verts tapis,
Ses fleuves, ses forêts, et ses champs blonds d'épis;
Vous vous sentez au cœur une joie indicible.....
Ah! pourquoi s'éveiller! le réveil est horrible!
Vous avez soif de gloire, et, mirage fatal,
La gloire disparaît, il reste l'hôpital.

(Au dehors, une Chanteuse.

L'amour de la patrie
Est l'amour le plus saint;
Ce n'est qu'avec la vie
Que sa flamme s'éteint.

(Gilbert allant à la fenêtre).

Quelle est cette voix douce et fraîche? — Une chanteuse.
Pauvre fille! si jeune et déjà malheureuse!
Elle est belle pourtant. Hélas! bientôt la fleur
S'effeuillera fanée au souffle du malheur.
Écoutons.....

La Chanteuse.

Ici mon sort est peu prospère,
Mais la foi sait me soutenir,
Je crois au Dieu qui dit: espère.
J'attends un meilleur avenir.

Mon enfant, conserve l'espérance:
C'est un beaume divin qui calme la souffrance.

La Chanteuse.

Oui, la fortune est douce chose,
Mais je ne voudrais point changer
La terre où ma mère repose
Pour le bonheur à l'étranger.

L'amour de la patrie
Est l'amour le plus saint:
Ce n'est qu'avec la vie
Que sa flamme s'éteint.

(La chanteuse s'éloigne et le chant s'en va mourant).

Oui, c'est un amour saint, un feu pur et sacré.
Je l'ai gardé vivant dans mon cœur ulcéré.
Oh! que je voudrais bien, avant que de la tombe
Sur mes jours malheureux l'éternelle nuit tombe,

Fouler ton sol béni, Fontenay-le-Château !
Pénétrer dans la chambre où Dieu mit mon berceau,
Respirer l'air natal ! debout sur la colline,
Prêter de loin l'oreille à ta cloche argentine !
Tu sais si je l'aimais, quand s'ébranlant joyeux
Ses sons éparpillaient tes ramiers dans les cieux !
Et l'église !... et j'y songe.... auprès le cimetière !
Deux croix de bois dans l'herbe attendent ma prière,
Et je les ai maudits, ceux qui dorment là bas !
Vous êtes bon, Seigneur ! ne me maudissez-pas !
Oh ! laissez par pitié, laissez-moi voir encore
Mon pays bien aimé, quand le soleil colore
Le front des moissonneurs, ou quand les bœufs le soir
Ramènent à pas lents la vendange au pressoir !
Pourquoi t'ai-je quitté, mon modeste village !
Mais écoutons encor,... enfant ! ton chant soulage.
Elle s'éloigne ! — vas, pauvre fille, et que Dieu
Te préserve à jamais de l'horreur de ce lieu !

Mon père m'a pourtant prédit cette misère.
J'aurais dû, je le sais..... mais plus haut que mon père
Marche ! marche ! criait une voix. Je marchai.
Ah ! c'était un génie à ma perte attaché :
Marche ! Paris t'attend ! — le cœur vierge de doute :
La gloire est là, disais-je. — En cheminant ma route,
Je mêlais ma chanson au chant des gais pinsons
Volant à droite, à gauche, au milieu des buissons.
Parti pauvre d'argent, mais riche d'espérances,
Avec moi j'apportais un trésor de croyances.
C'est qu'alors moi poète, en un noble palais,
Je ne m'étais point vu convive des valets !
« Bien, me dit d'Alembert, comptez sur moi, jeune homme. »
Là se borna l'accueil. Je fis mon premier somme,
Couché sur le Pont-Neuf. Plus que vous, d'Alembert,
Le pavé de Paris fut l'hôte de Gilbert :
Il eut pour moi du moins, la nuit, un lit de pierre.
Voltaire et son troupeau, dans ma rude carrière,

M'ont assailli sans trève, en tigres affamés.
Il en est que mon sort aurait seul désarmés ;
Eux m'insultent encor. Qu'importe cet outrage !
poursuis ton noble but, ô Muse, avec courage !
Clairons du jugement, sur ce siècle pervers,
Sonnez la vérité hardiment, ô mes vers !
Et toi, du siècle impur le brillant coryphée,
Tremble : j'attacherai la honte à ton trophée.
En dépit de toi-même et de tes encenseurs,
On entendra mes chants, inflexibles censeurs.
Tes rayons tomberont, idole de la terre !
L'œil, sans être ébloui, contemplera Voltaire. (1)
Le mortel paraîtra dans toute sa laideur :
Du talent qui ne plie acharné détracteur ;
De l'auteur qui le loue adroit panégyriste ;
Philantrophe en discours, dans le cœur égoïste ;
Prêcheur des bonnes mœurs qu'il outragea vingt fois ;
Homme dans ses écrits, eunuque auprès des rois.
En vain tu peins Brutus avec des traits de flamme :
La Rome dans les fers, courtisan, c'est ton âme.
Où donc as-tu puisé ce fier parler Romain, (2)
Bouffon qui, déchirant d'une profane main
Les chastes vêtemens d'une fille héroïque,
La traînes en riant, dans un monde impudique.
Dans tes chairs la torture enfonça la douleur,
Jeanne ! sur un bûcher, au nom d'un Dieu sauveur,
L'anglais te fit payer, ma pucelle flétrie,
Ton amour pour ton prince et la sainte patrie ;
Et Voltaire, un français ! s'en vient, nouveau bourreau,
Te garrotter au bois de l'infâme poteau,
Et d'une noble vierge en martyre tombée
Trouve plaisant de faire une prostituée ! !

(1) Il ne faut pas oublier que c'est Gilbert qui parle, le malheur l'aigrit et le rend injuste.

(2) Ici l'attaque est légitime. — Ce n'est plus le langage d'un poète blessé dans son amour-propre, c'est l'indignation d'un bon citoyen.

Philosophes, j'ai fui votre contact impur.
Souvent on voit du ciel disparaître l'azur,
Et d'épaisses vapeurs, s'élevant de la terre,
Nous cacher du soleil la splendide lumière :
J'ai tremblé qu'agitant son ombre devant moi
Votre aile fascinât mes regards et ma foi,
Et voilât pour toujours à mon âme attristée
Le phare dont ma nef ne s'est point écartée.
J'aurais voulu, soldat dans vos rangs odieux,
Combattre, et pour de l'or renier les vrais Dieux,
Ni le froid ni la faim, ce couple épouvantable,
Ne se seraient assis à mon lit, à ma table.
Mais la poésie est une religion ;
Et j'aurais, profanant la sainte mission,
Vendu, prêtre éhonté, taché de simonie,
Les vases de l'autel, les pensers du génie !
Non ; ils m'ont inspiré toujours trop de dégoût,
Ces gens qui vont cherchant un or vil dans l'égout,
Attaquant ce qu'hier on les a vus défendre,
Et qui portent écrit sur le front : *homme à vendre* !

Sachons souffrir le froid, sachons souffrir la faim !
Ces souffrances du corps ont comme lui leur fin.
A travers ce vieux monde et de fange et d'ordure,
Ame immortelle, passe intacte, sans souillure ;
Ne laisse point traîner ton manteau virginal !
Ma mère m'enfanta sous un astre fatal ;
Ma vie, hélas ! du Christ rappelle le calvaire :
Chaque jour me présente une autre éponge amère.
Reste pure, ô mon âme ! et libre de remord,
Que je repose au moins dans les bras de la mort.

Je suis seul, et pourtant une voix, ce me semble,
A répondu : la mort ! — d'où-peut venir ?... Je tremble,
L'écho n'a jamais eu cette lugubre voix.
Ciel ! ce sont eux !... là bas... les spectres ! je les vois !

Ils s'avancent.... horreur ! de leur corps diaphane
S'entre-choquent les os. — Ai-je d'un pied profane
Dansé sur vos tombeaux ? ai-je arraché les fleurs
Qui répandaient sur vous leurs suaves odeurs ?
Pourquoi vous élancer de vos couches funèbres,
Et pour me tourmenter prévenir les ténèbres ?
N'avez-vous pas assez des ombres de la nuit ?
Votre infernal cortège à toute heure me suit.
Que voulez-vous ? Parlez ! pourquoi ne pas le dire ?
Au lieu de me répondre ils se prennent à rire.
Arrêtez !... laissez-moi ! laissez-moi !! — Disparus !
Comme ma tête brûle ! oh ! Dieu, je n'en puis plus !
Je frissonne, et j'ai soif, et la sueur m'inonde.
Que ce breuvage est frais ! — encor, engeance immonde !
C'est ma lâche frayeur qui vous rend si hardis.
Au nom du Dieu puissant, arrière ! je vous dis. —
Comme ils ont fui ! ce nom est d'un pouvoir étrange
Pour chasser aux enfers les fils du mauvais ange.
Ils ont fui, mais toujours je souffre.... je ne sais,
L'on dirait qu'en mon sein des serpens sont cachés ;
Qu'ils me mordent ainsi pour s'ouvrir un passage.
D'où vient ce mal subit ? — Si c'était ce breuvage ?

(Il réfléchit un instant, puis boit de nouveau.)

Non, la douleur m'égare

(Sentant ses douleurs redoubler ,il jette au loin le gobelet,)

Oh ! cela part de vous,
Messieurs les grands seigneurs je reconnais vos coups.
Vos laquais m'ont la nuit assailli dans la rue,
Mais plus sûrement qu'eux, allez, ce poison tue :
Je le sens de mes jours dévorer le flambeau.
Oh ! mourir en hiver, le printemps est si beau !
Je veux le voir encor. — A moi ! ! — Mais je succombe.
Ah ! tes fleurs ne naîtront, printemps, que sur ma tombe.

VARIANTE.

Que voulez-vous ? parlez ! pourquoi ne pas le dire ?
Au lieu de me répondre ils se prennent à rire.

Frappé d'une idée subite, Gilbert s'élance vers son coffret.

Ce portrait de ma mère !.... oh ! je comprends, c'est bien,
Mon seul trésor à moi qui ne possède rien,
L'unique souvenir qui reste doux et tendre
Au malheureux Gilbert, vous venez pour le prendre.

Il ferme rapidement le coffret où se trouve le portrait de sa mère.

Mais vous ne l'aurez pas, entendez-vous, maudits !

Il montre la clé aux spectres et l'avale.

Au nom du Dieu puissant, arrière ! je vous dis.
Comme ils ont fui ! Ce nom est d'un pouvoir étrange
Pour chasser aux enfers les fils du mauvais ange.
Ils ont fui.... mais toujours je souffre.... je ne sais,
Je suis comme serré d'invisibles lacets.
Je suffoque.... d'où vient... ? Dieu ! la clé ! tout-à-l'heure....
Au secours ...... C'en est fait, il faut donc que je meure.
Oh ! Mourir en hiver ! le printemps est si beau!
Personne..... oh ! cette clé.... c'est la clé du tombeau.

Nogent-sur-Seine. — Imprimerie de Garreau et Raveau,

www.ingramcontent.com/pod-product-compliance
Ingram Content Group UK Ltd.
Pitfield, Milton Keynes, MK11 3LW, UK
UKHW021017220726
13924UKWH00001B/36